L'Espagne

Délivrée.

V

L'ESPAGNE DÉLIVRÉE,

Poëme ;

Par Philippe Albert,

MEMBRE DE L'ACADÉMIE ROYALE DES SCIENCES, BELLES-LETTRES ET ARTS DE BORDEAUX, ET DE PLUSIEURS AUTRES SOCIÉTÉS LITTÉRAIRES.

> Espagnols ! la France n'est point en guerre avec votre patrie.........
> Nous ne voulons que votre délivrance. Dès que nous l'aurons obtenue, nous rentrerons dans notre patrie, heureux d'avoir préservé un peuple généreux des malheurs qu'enfante une révolution, et que l'expérience ne nous a que trop appris à connaître.
>
> *Première proclamation du Duc d'Angoulême, général en chef de l'armée des Pyrénées, aux Espagnols.*

BORDEAUX.

IMPRIMERIE D'ANDRÉ BROSSIER, RUE ROYALE.

SE TROUVE

A Bordeaux et à Paris, chez les principaux Libraires.

OCTOBRE 1823.

A Son Altesse Royale

Madame,

Duchesse d'Angoulême.

Madame,

Français & ami des Bourbons, j'ai voulu célébrer la Guerre mémorable qui vient de replacer Ferdinand sur le trône de ses ancêtres & de fermer l'abîme des révolutions.

Les Enfans des Muses aiment la paix, & votre illustre Epoux vient de la rendre à l'Europe. Quel hommage vous serait donc plus agréable que celui d'un auteur qui a fait résonner sur sa lyre le beau nom d'Angoulême? Jadis, j'osai célébrer ses exploits & ses malheurs à Montélimart; aujourd'hui, je ne chante que ses victoires, la sagesse de notre Roi, les faits illustres de nos armes. Pourriez-vous, Madame, oubliant cette bonté qui vous est si naturelle, ne pas accueillir le tribut de mon admiration ! Je dépose mes vers à vos pieds ; daignez, en les protégeant, leur prêter une oreille attentive.

Je suis avec un profond respect,

Madame,

De Votre Altesse Royale,

Le très humble, très obéissant & très soumis Serviteur,

Philippe Albert.

AVANT-PROPOS.

La cause des révolutionnaires est perdüe :
Ferdinand n'est plus dans les fers, et la glo-
rieuse armée française va recueillir le prix de
six mois de bravoure et de nobles fatigues.
Honneur et reconnaissance au Roi pacificateur
qui nous gouverne ! Honneur et reconnaissance au Prince généralissime qui, depuis les
bords de la Bidassoa jusqu'à l'île de Léon, a
tout dirigé avec une sagesse et un courage ad-
mirables ! Honneur à tous les Compagnons
d'armes du Petit-Fils d'Henri, aux Commis-
saires civils dont Sa Majesté l'avait environné,
à ce Ministre guerrier qui a su créer une armée victorieuse ; honneur enfin à tous ceux
qui, par leur talent ou leurs armes, ont fait
triompher la cause de la Religion, des Peuples
et des Rois !

Les Poètes dont la France s'honore ne man-
queront pas de célébrer d'aussi grands événe-
mens. Malgré toute la faiblesse de mon génie,
j'ai voulu rendre public le tribut de mon ad-

miration, persuadé que le sujet de mes chants et la magie des noms intéresseraient toujours les Français fidelles, et qu'on ferait grace aux défauts de l'ouvrage en faveur de l'intention qui l'a dicté.

Je ne me suis point appesanti sur les nombreux faits d'armes qui ont prouvé à l'Europe que rien n'égale la valeur française ; plusieurs de ces brillantes actions offriraient chacune la matière d'un beau poëme ; j'ai marché rapidement vers mon but : LA DÉLIVRANCE DE FERDINAND, en n'omettant rien toutefois de ce qui se rattachait à mon plan.

Quoique je sois éloigné de toute espèce de prétention littéraire, je recevrai néanmoins, avec reconnaissance, les conseils que la critique voudra bien me donner. Depuis longtemps j'ai pris pour devise ce vers de Boileau :

« Faites-vous des amis prompts à vous censurer. »

L'ESPAGNE DÉLIVRÉE,

Poëme.

A la voix de LOUIS et d'un Roi malheureux,
Quand le Fils d'Henri-Quatre, entouré de ses preux,
L'olivier à la main, mais respirant la gloire,
Dans les champs espagnols moissonne la victoire,
Fille du vieil Homère, ô Muse des guerriers,
Descends du haut des cieux le front ceint de lauriers,
Viens, et de tes accords me prêtant l'harmonie,
Inspire-moi des chants dignes de ton génie.

A peine les Bourbons rendus à notre amour
Par d'étonnans bienfaits signalaient leur retour,
Qu'au milieu de Paris, une ligue homicide
Armant le bras obscur d'un monstre régicide,
D'un long crêpe de deuil, une seconde fois
Couvrit la France entière et le palais des Rois (a).
Tout un peuple frémit des maux de la Patrie;

Les Séides nouveaux tremblèrent pour leur vie ;
Et l'on crut un moment qu'à la voix de nos pleurs
Le ciel les frapperait de ses foudres vengeurs.
Leur politique habile écarta cet orage :
Le crime fut couvert du plus épais nuage *(b)* ,
Et quand vers St. Denis nous portions nos douleurs,
Assis insolemment au faîte des grandeurs ,
Assassins sans remords , riches d'or et de crimes,
Ils méditaient encor de nouvelles victimes.
A leur voix, la Révolte, audacieux géant,
S'agite, lève un front terrible , menaçant ,
Et des roes du Piémont aux champs de l'Italie,
Sur le palais des Rois promène l'incendie.
Mais cette fois le ciel eut pitié de nos maux ,
La honte et la terreur suivirent leurs drapeaux ;
Météores sortis du fond des marécages ,
Ils passèrent sans nom, et sur d'autres rivages ,
Soulevant les sujets contre les potentats ,
On les vit essayer de nouveaux attentats.
La terre de l'honneur , la superbe Ibérie ,
A cette horde impure offrit une Patrie *(c)*.
Que de maux ont payé cet accueil criminel !
Que de sang ! que de pleurs ! et le trône et l'autel
Ont disparu ; troublant les hameaux et les villes ,
Règne seul le démon des discordes civiles.

Fils de l'impiété, d'insolens novateurs
De nos jours malheureux rappellent les horreurs;
La vertu s'est voilée, et leurs fausses maximes,
Leurs exécrables vœux appellent tous les crimes.
Ferdinand qui naguère en ces lieux adoré,
Marchait de tout son peuple et d'amour entouré,
Ferdinand, dépouillé de son pouvoir suprême,
Voit tomber de son front le fatal diadème !
Rien ne peut assouvir ces monstres inhumains,
Et sa tête est vouée au fer des assassins (d).

Lève-toi Fils d'Henri ! c'est ton Roi qui l'ordonne;
Cours sauver Ferdinand, cours relever son trône;
Aux champs Ibériens guide tes bataillons,
La victoire toujours amante des Bourbons
Couvrira tes drapeaux d'une gloire immortelle;
Tu reviendras vainqueur, et d'un peuple fidelle,
D'un peuple qu'opprimait la rage des tyrans
Tes yeux verront couler les pleurs reconnaissans;
Lève-toi !..... nos soldats sollicitent la guerre,
Leurs nombreux bataillons, comme un nouveau
    tonnerre,
Sur un sol infidelle iront porter la mort,
Et du monde surpris enfin changer le sort.

O bonheur ! de périls et de gloire affamée,

Sur les bords de l'Adour a volé notre armée.

Là, près des noirs torrens, les vieux enfans de Mars,

De leurs cris belliqueux appellent les hasards ;

Ceux qui, jeunes encor, vont essayer leur lance,

De vaincre ou de mourir font serment à la France.

Qui peindra leur ivresse et leurs fougueux transports,

Quand le Fils d'Henri-Quatre accouru sur ces bords,

De l'espoir des combats fait tressaillir leur ame?

« Amis, préparez-vous, que l'honneur vous en-
 » flamme;

» La soif de commander dans des climats loin-
 » tains (e)

» Ne place point le fer et la foudre en nos mains ;

» Trahi par ses sujets, le plus juste des Princes

» Voit le feu des partis embrâser ses provinces.

» D'un lien légitime, ardents à s'affranchir,

» Poursuivant tous les rois qu'ils voudraient asservir,

» Des ligueurs insensés, méditant tous les crimes,

» Sur leurs tables de mort inscrivent leurs victimes.

» Ferdinand va tomber sous leurs couteaux san-
 » glans;

» Jurez sa délivrance; aux armes ! mes enfans,

» Aux armes ! l'avenir toujours inexorable

» Flétrira les tyrans dont le pouvoir l'accable ;

» De leur Prince, déjà d'héroïques vengeurs (*f*),

.» D'une terreur profonde ont frappé les ligueurs ;

» Dans l'antique Séville ils ont porté leur rage ;

» O comble des forfaits ! ô douloureux voyage !

» D'un bras impitoyable ils traînent avec eux

» Et leur Reine éplorée et leur Roi malheureux.

» Ne délibérons plus, Ferdinand nous appelle ;

» Qu'à ses nobles destins la France soit fidelle,

» Que la gloire et l'honneur au milieu des combats

» A la voix de LOUIS précipitent nos pas. »

D'Angoulême a parlé, plus prompts que l'in-
   cendie,
Ces mots : « Guerre aux tyrans et paix à l'Ibérie » ,
Ont frappé de ces monts les tranquilles échos ;
Et de Montélimart saluant le Héros (*g*) ,
Tous jurent de combattre et de mourir fidelles.
Mais descendant du haut des sphères éternelles
La nuit silencieuse effeuillant des pavots .
Sur le monde assoupi ramène le repos.
Les feux sont allumés, sous la tente guerrière,
Éloignant le sommeil qui presse leur paupière,
Tous nos braves en chœur chantent, et les vallons
Répètent, dans la nuit, leurs joyeuses chansons :

Le Fils d'Henri nous conduit à la gloire,
Chantons en chœur l'hymne de la victoire.

Dans les combats Bayard et Duguesclin
Furent nommés les glaives de la France,
Comme ces preux de noble souvenance,
Sachons mourir pour notre souverain.

Le Fils d'Henri nous conduit à la gloire,
Chantons en chœur l'hymne de la victoire.

De nos drapeaux l'infâme déserteur,
S'il est frappé dans les champs du carnage,
N'entendra pas ce glorieux langage :
Il est tombé sans reproche et sans peur.

Le Fils d'Henri nous conduit à la gloire,
Chantons en chœur l'hymne de la victoire.

Preux chevalier doit adorer toujours
Dieu, son pays, son prince et sa maîtresse,
Pour les servir il doit unir sans cesse
La noble épée au luth des troubadours.

Le Fils d'Henri nous conduit à la gloire,

Chantons en chœur l'hymne de la victoire.

Soyons unis pour venger le malheur,
Des preux Français c'est l'antique noblesse,
Et que nos cœurs palpitent d'alégresse
Aux mots sacrés de Patrie et d'Honneur.

Le Fils d'Henri nous conduit à la gloire,
Chantons en chœur l'hymne de la victoire.

Ils se taisent; soudain les échos d'alentour
Répètent ce refrain de vaillance et d'amour :

Le Fils d'Henri nous conduit à la gloire,
Chantons en chœur l'hymne de la victoire.

Mais lorsque remontant sur l'horison vermeil
L'aurore eut annoncé le retour du soleil,
Tout à coup dans les champs, par la gloire animée,
A la voix de son chef s'ébranle notre armée.
Le soldat, sans pâlir, aperçoit Roncevaux (h),
Et la Bidassoa voit flotter nos drapeaux.

Un soir que d'Angoulême, au milieu des ténèbres,
Comptait de ses ayeux les campagnes célèbres,

Un fantôme soudain apparaît au héros,
Vers lui lève ses mains, et lui parle en ces mots :

« Ne crains rien, comme toi sous le ciel de la
   » France
» Du pur sang des Bourbons je reçus la naissance ;
» Par l'Espagne appelé, je régnai dans ces lieux (i),
» Je suis Philippe ; écoute : en proie aux factieux
» Sous l'autel va crouler le trône d'Ibérie ;
» De tous les potentats une horde en furie
» A juré la ruine, et leurs horribles mains
» S'arment contre les Rois du fer des assassins.
» Hardis, tumultueux, la mort sur ces rivages
» De leur fureur aveugle annonce les ravages ;
» D'un peuple infortuné barbares oppresseurs,
» De la guerre civile ils soufflent les horreurs ;
» Les cloîtres sont déserts, les pieux solitaires
» Languissent dans les pleurs aux terres étrangères ;
» Tout va périr !... Mon fils (j'ose ainsi te nommer),
» D'un courroux légitime ardent à t'enflammer,
» Précipite tes pas ; poursuis, menace, tonne ;
» Sois digne des Bourbons ; relève enfin ce trône
» Que mon bras défendit et qu'il sut conquérir :
» Tu sauras pardonner, mais tu sauras punir. »

A ces mots, l'ombre fuit ; et quand la fraîche
    aurore
Se montre sur les monts que la pourpre colore,
D'Angoulême a donné le signal des combats.
L'image de Philippe accompagne ses pas.
Mais d'une horde impure incroyable démence !
Pourquoi ces étendards que repousse la France (k)?
Aux yeux de nos guerriers, dans vos folles erreurs
Pourquoi de la révolte arborer les couleurs?
Malheureux ! insultant aux publiques misères,
Vous pensiez, qu'à l'aspect des sanglantes bannières,
Nos braves, désertant les sentiers de l'honneur,
Tourneraient contre nous leur parjure fureur !
L'airain tonnant, la peur qui partout vous assiège,
Repoussent noblement votre appel sacrilège;
Nos soldats sont Français; incapables d'effroi,
Ils meurent, mais pour Dieu, leur Patrie et leur Roi.
Enfans dénaturés du Père le plus sage,
Portez au fond des bois et la honte et la rage
D'un cœur tumultueux que rien ne peut fléchir;
Vous nous criez en vain : « *Ou régner, ou périr !* »
Vous périrez !... Déjà tout couvert de poussière
Tombe de votre orgueil le colosse éphémère;
Notre soldat s'épuise en efforts superflus,
Sa lance vous poursuit et ne vous trouve plus.

S'il en est dont le glaive ait épargné la tête,
Qu'ils ne conjurent point de nouvelle tempête !
Des pleurs du repentir les Bourbons sont amis,
Et toujours le pardon suit le drapeau des lis.
De vos sanglans projets abjurant la mémoire,
Allez, le Fils d'Henri, pour première victoire
Voudrait rendre à LOUIS des enfans trop cruels,
Qu'une funeste erreur a rendus criminels.
Levant au ciel les mains, voyez sur son passage
L'Espagnol à genoux et lui rendant hommage ;
De manteaux et de fleurs les chemins sont couverts,
Le beau nom d'Angoulême au loin frappe les airs (*l*),
Ce n'est pas un tyran qui ravage la terre,
C'est un libérateur, un ami tutélaire,
Qui, portant l'olivier et la foudre en ses mains,
D'un peuple infortuné vient changer les destins.
Il vous ouvre les bras..... Insensés ! quel délire
Au lieu de le bénir vous porte à le maudire ?
Votre insensible cœur, en proie au désespoir,
Outrage la vertu qu'il ne peut concevoir ;
Eh bien ! venez encore dans ces plaines sanglantes
Essayer de plus près nos armes menaçantes ;
Vous tremblez, et vos pas qu'accélère la peur
Au sein de vos remparts portant votre valeur,
Vous laissent voir Bourbon vers la ville royale

Guider, heureux vainqueur, sa marche triomphale.
Combien ce noble aspect doit aigrir vos douleurs !
Les traîtres, les tyrans ne veulent que des pleurs,
Du sang, des échafauds et des villes fumantes,
Où de la royauté les forces expirantes,
Laissent à des brigands les exécrables droits
D'ôter à Dieu son culte et le sceptre à nos Rois.
Sous vos murs écroûlés, expirez dans la rage ;
Non, plutôt de vos chefs gourmandez le courage ;
Les voyez-vous pâlir à l'aspect de nos preux ?
Ils volent au combat pleins d'un feu belliqueux,
Mais au premier signal, habiles dans la fuite,
Trompant de l'ennemi la fatale poursuite,
Au milieu des rochers asiles de la peur,
Ils vont ensevelir leur prudente valeur.

D'où partent ces accens et ces cris d'alégresse ?
Pourquoi ces fleurs ? pourquoi ce peuple qui s'em-
    presse,
Agitant dans ses mains les rameaux de la paix ?
Naguère, la terreur habitait ces palais.
A la voix d'un soldat (m), la mort dans ces murailles
Promenait, teint de sang, le char des funérailles.
Celui qui demandait le retour de son Roi ;
Celui qui plus timide et cachant son effroi,

Levait au ciel les mains et pleurait en silence,
Tous voyaient sur leur tête éclater la vengeance.
Bonheur inespéré! les cris, les chants d'amour,
Aux hymnes de la mort succèdent en ce jour;
D'Angoulême a touché ces funestes rivages,
Et du ciel de Madrid ont fui les noirs orages.
O spectacle enchanteur! Femmes, vieillards, en-
　　fans,
Offrent au Fils d'Henri leurs pleurs reconnaissans;
Sur les pas des Français on s'agite, on se presse;
Jamais bonheur plus grand, jamais plus douce
　　ivresse
N'excita les transports d'un peuple généreux;
Un murmure d'amour accompagne nos preux;
Jusqu'aux pieds des autels on bénit leur présence;
L'airain sacré des tours, les flots d'un peuple im-
　　mense,
Ces cris : « Gloire, triomphe à nos libérateurs ! »
D'un saint enthousiasme ont rempli tous les cœurs,
Et de ces bords fameux, plein d'un noble délire,
Ainsi chantait, pour nous, un enfant de la lyre :

　　« Ils s'avançaient au milieu des tempêtes,
　　» De nos tyrans les soldats inhumains;
　　» Ils s'avançaient, et déjà dans leurs mains

» Le fer brillait suspendu sur nos têtes ;
» Mais il n'est plus le règne des forfaits ,
» Amour et gloire aux chevaliers Français.

» Le temple saint , le cloître solitaire ,
» N'entendaient plus des cantiques d'amour ;
» L'airain sacré sommeillait sur la tour ,
» L'herbe croissait aux pieds du sanctuaire ;
» Mais il n'est plus le règne des forfaits ,
» Amour et gloire aux chevaliers Français.

» La mort planait dans la cité royale ,
» Les pleurs coulaient dans l'ombre des cachots,
» Et les soupirs, les plaintes, les sanglots,
» Seuls remplissaient leur enceinte fatale ;
» Mais il n'est plus le règne des forfaits ,
» Amour et gloire aux chevaliers Français.

» Du nouveau Cid la formidable épée
» A moissonné les perfides ligueurs ;
» Ils méditaient de nouvelles horreurs ,
» Mais le ciel tonne et leur rage est trompée,
» Non , il n'est plus le règne des forfaits ,
» Amour et gloire aux chevaliers Français. »

Cependant au milieu de l'ivresse publique,
S'avance le héros dont la main pacifique,
De la discorde impie éteignant les flambeaux
Relève les autels, brise les échafauds;
Rend au peuple la paix, au Roi son héritage,
Etouffe des partis l'insatiable rage,
Calme des passions l'orageux souvenir,
Et ramène l'espoir au sein du repentir.
Oh! combien de ce jour l'immortelle mémoire,
Du règne de LOUIS doit agrandir la gloire!
Les peuples contre nous avaient armé leur bras;
Soulevés par un homme, au sein de nos états,
Ils portèrent la mort, et sous leur cimeterre
Un moment se courba la France tributaire.
Mais de ces jours de deuil s'éteint le souvenir;
LOUIS aime la gloire, et pour la conquérir
Au-dessus du péril levant sa noble tête,
Il a su maîtriser les flots et la tempête.
Ainsi, lorsque les vents déchaînés sur les monts
Roulent l'aigle superbe au milieu des vallons,
L'oiseau plein de sa force, et déployant ses aîles
Lutte, s'élève, et vole aux plaines éternelles,
Jusqu'au char du soleil se montrer en vainqueur.

Parlerez-vous encor de patrie et d'honneur,

Vous, qui dans les transports d'une rage ennemie
Osez montrer la France à jamais avilie?
Quand Bellonne a sonné le retour des combats,
Veuve de ses héros, veuve de ses soldats,
A-t-elle méconnu le signal de la gloire?
Au milieu des guerriers que chérit la victoire,
Soldat comme Henri-Quatre et soutien de nos lis,
Bourbon a pénétré dans les camps ennemis.
En vain dans Barcelone une troupe effrénée
S'assemble, s'enhardit et gronde mutinée;
En vain dans ses remparts le sang coule à longs flots,
En vain mille martyrs montent aux échafauds,
En vain des révoltés la cohorte farouche
S'élance, le blasphème et l'insulte à la bouche,
Plus prompt que les éclairs qui sillonnent les cieux,
Sans bruit s'est écoulé ce torrent orageux.
A la sombre lueur de ces villes en flammes,
Aux cris de ces enfans, aux douleurs de ces femmes,
Qui, les cheveux épars, implorent à genoux
La pitié pour les jours d'un père ou d'un époux;
Au spectacle effrayant d'une lutte sanglante,
Qui n'a point, agité d'une sainte épouvante,
Maudit ce vil ramas de hardis novateurs,
Des peuples éblouis infâmes oppresseurs,
Et qui de l'athéisme arborant la bannière,

De leur génie affreux ont désolé la terre (n) ?

Leur prisme éblouissant s'est brisé dans leurs mains;

Quelques hommes, amis d'aventureux destins,

A peine osent encor proclamer leurs maximes;

Ils ont trop prodigué le mensonge et les crimes,

Désabusé, plus sage, insensible à leur voix,

Le peuple veut son Dieu, ses autels et ses rois.

Dans Séville, entendez ses vœux et son langage;

Des perfides Cortès seconde-t-il la rage (o) ?

Un poignard à la main proclame-t-il leur loi?

Sentinelle assidue, au palais de son Roi,

Il veille, et méprisant l'insulte et la menace,

Il confond des bourreaux la sacrilège audace.

En vain, dans leur fureur, ils jurent son trépas,

Il sonde leur courroux, mais il ne tremble pas.

Eh ! que pourrait encor cette horde insolente?

Que pourraient ces brigands dont la rage impuis-
    sante

S'est brisée, et n'a pu, poursuivant nos drapeaux,

Un moment, dans leur marche, arrêter nos héros?

Effrayante leçon ! De leur règne éphémère,

De leur pouvoir d'un jour, il ne reste à la terre

De meurtres, de complots, que des germes féconds,

Eternels alimens de nos divisions.

Tel de l'horrible Etna lorsque le noir cratère

S'ouvre, et lance au milieu d'un sourd et long ton-
    nerre,
La lave bouillonnante et les rocs calcinés;
Quand le volcan s'éteint, sur ces bords consternés
L œil ne découvre au loin qu'une stérile cendre,
Et les cris du malheur partout se font entendre.

Cependant vers Séville on marche, et nos guerriers
Dans les rangs ennemis moissonnent des lauriers;
Aux soldats de Bourbon la victoire est fidelle;
Le ligueur consterné, dans sa fuite cruelle,
Tel qu'un tigre blessé par la main du chasseur,
Fait retentir les airs de longs cris de fureur;
Sa main frappe au hasard, et témoins de sa rage
Les feux de l'incendie éclairent son passage.
Mais où vont ces soldats les bras ensanglantés?
D'où partent ces clameurs?... Barbares, arrêtez!...
Malheureuse Séville, hélas! dans tes murailles
Leur féroce courroux sème les funérailles;
D'atroces proconsuls, d'un sourire infernal,
De la guerre civile ont donné le signal;
Tout soldat est bourreau, dans leur barbare joie
Ils prodiguent l'outrage à leur royale proie:
Et dans ces jours de deuil, de sang et de forfaits,
Ferdinand arraché du sein de son palais,

Dans les mains des brigands voit tomber sa puis-
   sance ;
O Prince infortuné, trompant leur vigilance,
Sous un ciel plus ami va porter tes malheurs ;
Dérobe à tes geoliers et ta fuite et tes pleurs ;
Que dis-je ? insatiable, en sa barbare joie,
Le tigre ne dort pas à côté de sa proie....
Exécrable forfait ! Effrayant attentat !
Les plus vils des tyrans, du père de l'état
Par des cris forcenés proclament la démence (p) !...
Sur lui des assassins retombe la vengeance.
A cet excès d'audace et de férocité,
Le peuple, en sa stupeur, frémit épouvanté ;
Le Roi proteste en vain contre tant d'insolence,
Déchu de son pouvoir qui prendrait sa défense ?
On l'entraîne !... ô douleur ! son épouse, son fils,
Vont languir enchaînés dans les murs de Cadix !...
Grand Dieu ! sur Ferdinand, sur son épouse en
   larmes,
Veille du haut des cieux et finis nos alarmes ;
Nous tombons à tes pieds, Dieu juste, Dieu vengeur,
Fais marcher devant nous l'ange exterminateur,
Glace des factieux la main pleine de crimes,
Ecrase les bourreaux et sauve les victimes.....

Exécrable Lopez, tes forfaits sont punis :
Tes soldats, tes trésors si lâchement ravis,
Du Français triomphant deviennent la conquête ;
C'est sur toi que le ciel a soufflé la tempête ;
Satellite cruel des plus affreux tyrans,
Quand ton bras égorgeait des femmes, des enfans,
Pensais-tu, qu'effrayés d'une telle victoire,
Les soldats de LOUIS sans honneur et sans gloire,
Tremblans à ton approche, et craignant ton cour-
    roux,
Laisseraient tout un peuple expirer sous tes coups?
Le seul nom d'assassin convient à ton courage :
Va, cours, signale encor ta fureur et ta rage,
Des vierges, des enfans échappés au trépas,
Peuvent nourrir ton glaive étranger aux combats ;
Ils n'ont que la prière et des pleurs pour défense.

Cependant irrité de leur folle insolence,
Du glaive inévitable ayant armé son bras,
D'Angoulême poursuit les Cortès, et ses pas
Prompts comme la tempête ou la flamme brillante,
Dans les murs de Cadix ont porté l'épouvante.
Mille chants de triomphe exaltent nos héros ;
Allumant devant eux des torches, des flambeaux,
La nuit n'a plus de voile, et des vierges charmantes,

De leurs pas cadencés et de leurs voix brillantes,
Offrant à nos guerriers le spectacle enchanteur,
Des combats, un moment, ont détourné leur cœur.

Loin des regards du Prince une foule terrible,
Sous les feux ennemis s'élançant invincible,
Des farouches ligueurs trompe les noirs desseins.
Oh ! si j'avais la voix de ces chantres divins
Qui peignirent Tancrède et le bouillant Achille,
Je dirais notre armée en triomphe fertile ;
Moncey, vieux par les ans, jeune par la valeur,
Impatient de vaincre, et du fer destructeur
Ecrasant l'ennemi qui meurt dans la poussière ;
Fitz-James, Donnadieu, brillants foudres de guerre,
Aymon, Damas, tous deux précipitant leurs pas
Où s'irrite l'orage, où vole le trépas :
Que de beaux noms alors consacrerait ma lyre !
Braves comme Condé, Biron, Dunois, Lahire,
On verrait Loverdo, Molitor et Latour,
Béthyzi, Bordesoul, chefs, soldats tour-à-tour,
Comme sur un troupeau le fier lion s'élance,
Par des coups glorieux signaler leur vaillance (q).
Dans les rangs espagnols Bessière, Quéséda,
Le Trapiste fameux, Fleyre, Romagosa,
Eroles, O'Donell, de leur noble courage

Embelliraient mes vers répétés d'âge en âge.
Mais de mille guerriers quand la noble valeur
Sollicite mes chants consacrés à l'honneur,
D'où viennent jusqu'à moi ces accens d'alégresse ?
O triomphe immortel ! jour de gloire et d'ivresse !
Des révolutions le monstre ensanglanté
Se débat, tombe, expire, et de la royauté,
Comme l'arc éclatant qui brille après l'orage,
L'arbre majestueux verse au loin son ombrage.
Si le Français aveugle, au torrent destructeur
Creusa ce large lit où gronda sa fureur;
S'il fit tomber les Rois de leurs trônes en poudre,
Aujourd'hui de sa main vient de partir la foudre
Qui, cimentant l'accord des peuples et des Rois,
Les unit à jamais sous le sceptre des lois.

Du haut de leurs remparts qu'environnent les ondes,
Des perfides ligueurs les troupes vagabondes,
Aux paroles du Prince opposant leur fureur,
Veulent encor régner par le meurtre et l'horreur.
Inutiles efforts ! Par une main savante
L'attaque est dirigée, et de gloire brûlante,
L'armée au sein des eaux se plongeant en courroux,
De l'ennemi qui tonne affrontant tous les coups,
Calme, parmi les feux s'élance à la victoire.

Le Prince, environné des rayons de la gloire,
De sa présence auguste animant ses soldats,
Comme eux, à ses côtés, voit pleuvoir le trépas;
Rien ne peut ébranler son courage intrépide,
Il parle, et de périls, de dangers plus avide,
Sur le Trocadéro s'élançant à grands cris,
L'armée a tout couvert de morts et de débris.
Mais ce n'est pas assez de gloire et de vaillance;
Volez, nobles vainqueurs, fiers enfans de la France,
Achevez votre ouvrage; allez!... sur ces remparts
D'un bras victorieux plantez vos étendards;
Ils flottent!... je les vois; Santi-Pétri succombe!
Sous le feu destructeur l'ennemi fuit et tombe;
Il tombe!... et de sa chûte épouvantant Cadix,
Les féroces Cortès tremblent anéantis.
O déplorable effet d'une rage homicide!
Pénétrez dans ces murs, où de carnage avide
Une troupe infidelle à son Prince, à l'honneur,
Sur des monceaux de morts s'agite avec fureur;
De tout un peuple en vain ils voient couler les
            larmes,
En vain d'un siége affreux les sinistres alarmes
Ont glacé tous les cœurs; rien ne peut les fléchir,
Ils résistent encor; mais pour les conquérir
D'Angoulême a donné le signal des batailles;

De leur dernier rempart on brise les murailles,
La bombe part, s'entr'ouvre, et vomit de ses flancs
Le bitume et le fer en feux étincelans.
Ainsi tombe des airs la nuée orageuse.
La flamme se déploie, active, impétueuse,
Elle siffle, dévore, et bientôt ce torrent
Roule sur la cité son vaste embrâsement.
Partout l'effroi, partout le deuil et l'épouvante;
On supplie, on frémit; la foule turbulente
Assiége les Cortès de ses cris menaçans;
L'un venge un père mort, l'autre ses fils mourans;
Tous demandent leur Roi, leur Reine infortunée,
Si jeune, et par le crime à souffrir condamnée;
Dans ce tumulte affreux, les bourreaux inhumains,
Sans remords, mais trompés dans leurs cruels des-
    seins,
Pour conserver encor une exécrable vie,
Rendent un Roi captif à sa triste Patrie.
Qui peindra les transports, l'ivresse de ce jour?
Tout brille d'espérance et de joie et d'amour;
On s'embrasse, on s'unit; les foudres de la guerre
S'éteignent dans la paix qui sourit à la terre.
Ferdinand, d'Angoulême, oh! quels nobles accens
Rediront la douceur de vos embrassemens?
Sous l'œil de vos soldats laissez couler vos larmes,

Ils pleurent comme vous, appuyés sur leurs armes,
Ils pleurent ! et naguère, enflammés de courroux,
Ils ont conquis ce jour et si lent et si doux.
Roi, trop long-temps proscrit, au sein de ta puis-
    sance,
Goûte l'heureux oubli d'une longue souffrance ;
Toi sa noble compagne, et l'objet de nos pleurs,
Règne par tes vertus, règne sur tous les cœurs.
Couple illustre et sacré, Madrid r'ouvrant ses portes
Vous montre ses enfans, ses fidelles cohortes,
Les prêtres du Seigneur, demandant le retour
Des Princes malheureux si chers à leur amour.
Ah ! réparez les maux d'une trop longue absence ;
Rendez à vos sujets, rendez votre présence ;
Au milieu des parfums, des hymnes et des fleurs,
Tout un peuple s'avance en répandant des pleurs.
Volez, ne craignez plus ; les royales bannières
Devancent le cortège et marchent les premières ;
Volez !.... jours de discorde et de honte et d'effroi,
Enfin vous n'êtes plus, Madrid a vu son Roi !....

Français, Bourbon s'avance au milieu de sa gloire ;
Ah ! lorsque précédé par des chants de victoire,
Il vient, noble vainqueur, aux genoux de LOUIS
Déposer les lauriers que nos preux ont conquis,

Oubliant la discorde et nos longs jours d'orage,
Tels qu'un peuple d'amis, volons sur son passage,
Volons à nos guerriers prodiguer tour à tour
Les palmes des combats, les fêtes du retour.
Comme naguère, hélas! dans leur cruelle rage,
Ils n'ont point sur ces bords promené le ravage,
Dépouillé les autels, et d'horribles forfaits
Souillé les étendards et le nom des Français.
Dans les mains du soldat, par un affreux délire
Le fer doit-il toujours ravager et détruire?
Pour ombrager le front des Rois et des Guerriers,
Le sang doit-il toujours arroser les lauriers?
Un triomphe plus doux n'est-il donc plus sans gloire?
Ah! l'Espagnol long-temps bénira la mémoire
Du Petit-Fils d'Henri, qui, d'un bras courageux
Comblant des factions le précipice affreux,
Vient d'unir à jamais et la France et l'Ibère.
Les Dieux ne sont-ils grands qu'armés de leur ton-
    nerre?
Soyons, soyons encor ce peuple valeureux
Toujours prêt à combattre et toujours généreux;
Des états subjugués les fatales conquêtes
Sous le ciel le plus pur attirent les tempêtes,
L'esclave se révolte au seul bruit de ses fers.
Par le nœud des bienfaits enchaînons l'univers;

Et si jaloux jamais des destins de la France,
Des Rois sourds aux traités d'une Sainte-Alliance
Voulaient nous asservir, tous leurs sceptres unis,
Vaincus, se briseraient sous le drapeau des lis.
Oui, Français, il est temps de finir nos misères,
Embrassons-nous au port comme un peuple de
　　frères,
Il est temps de s'unir, d'oublier à jamais
Et nos jours de discorde et nos jours de forfaits;
Du plus sage des Rois l'héroïque clémence
Au fond de tous les cœurs a laissé l'espérance;
Pourrions-nous résister aux vœux de son amour?
Non, que tous les partis s'éteignent sans retour.
Mes vœux sont-ils comblés?.... Notre horizon s'é-
　　claire;
LOUIS, heureux monarque, et bien plus heureux
　　père,
Vers l'autel de la paix voit courir ses enfans.
Famille de nos Rois, recevez nos sermens :
Nos destins sont remplis; la France heureuse et
　　fière,
Puissante dans la paix, puissante dans la guerre,
Jusqu'aux bornes des mers étendant sa valeur,
Du règne de LOUIS portera la grandeur.

NOTES.

(a) *Couvrit la France entière et le palais des Rois.*

Dignes successeurs des hommes de 93, les révolutionnaires de nos jours ne cessent de conspirer contre le trône. Les maximes qui conduisirent Louis XVI à l'échafaud ont fait tomber le Duc de Berri sous le fer d'un assassin, car il n'est plus possible de croire que le crime de Louvel soit un crime isolé. Si Dieu n'avait pas étendu sa main sur la France, le Piémont et l'Italie nous prouvent assez que l'auguste race de nos rois serait peut-être éteinte.

(b) *Le crime fut couvert du plus épais nuage.*

Personne n'ignore les manœuvres qu'employèrent les hommes de cette époque, pour faire croire à l'Europe que Louvel n'avait point de complices. Des mains courageuses soulevèrent un coin du voile dont ils se couvraient. On frémit.... Et si le pouvoir n'avait pas été confié à des traitres, la tête d'un misérable n'aurait pas seule payé le plus horrible des attentats.

(c) *A cette horde impure offrit une patrie.*

Il était naturel que les descamisados espagnols accueillissent les carbonari de Naples et les jacobins de France. Il existe une alliance de fait entre tous les conspirateurs; aussi les peuples auraient moins de dangers à courir, en recevant dans leurs ports ces bâtimens qui recèlent la peste, qu'en ouvrant leurs portes aux éternels ennemis de l'ordre, des Rois et de la Religion.

(d) *Et sa tête est vouée au fer des assassins.*

On ne peut se le dissimuler, sans la responsabilité qui allait peser sur elles, les Cortès auraient livré Ferdinand aux cannibales qui demandaient sa vie. L'attitude de la France les intimida, et l'horreur d'un régicide sauva moins le Prince que la suite incertaine d'un événement qui devait attirer sur l'Espagne toutes les nations civilisées.

(e) *La soif de commander dans des climats lointains*
Ne place point le fer et la foudre en nos mains.

L'Europe a lu la proclamation que le prince généralissime adressa à l'armée française avant qu'elle entrât en Espagne. Jamais on n'a parlé un langage plus franc, plus loyal, plus noble. La conduite de nos troupes, leur discipline exemplaire et la reconnaissance des Espagnols prouvent, sans réplique, qu'un Bourbon ne dissimule jamais, et font apprécier à sa juste valeur l'atroce manifeste des Cortès, au nom de l'infortuné Ferdinand.

(f) *De leur Prince déjà d'héroïques vengeurs*
D'une terreur profonde ont frappé les ligueurs.

On connaît les nobles efforts que le baron d'Eroles, Ambroise Maragnon (le fameux Trapiste), Romagosa, Fleyre, Quéséda, Bessière, Mirallés, Mérino, Charles O'Donnell, Zaldivar, le marquis de Mataflorida, l'archevêque de Tarragone, et tant d'autres, n'ont cessé de faire pour la défense de la cause royale en Espagne. L'histoire consacrera leurs noms à la reconnaissance et à l'admiration des siècles; puissent-ils aujourd'hui trouver dans l'estime de leur souverain la récompense due à leur courage et à leur héroïque fidélité!

(g) *Et de Montélimart saluant le héros.*

La campagne du Midi, où, par la plus honteuse défection, tout fut perdu, FORS L'HONNEUR, servit du moins à faire connaître aux Français le courage, l'intrépidité, le sang-froid de Monseigneur le duc d'Angoulême. Il se trouvait partout où le danger devenait imminent. Au passage de la Drôme, plusieurs officiers qui étaient auprès de lui, lui représentèrent qu'il se trouvait trop exposé. J'ai la vue basse, répondit ce digne petit-fils d'Henri IV, et pour voir ces gens-là, il faut bien que je m'approche d'eux.

(Etrennes Royales Bordelaises pour l'an
1816, page 120.)

(h) *Le soldat sans pâlir aperçoit Roncevaux.*

Le bourg de Roncevaux est célèbre depuis la défaite de l'armée de Charlemagne, en 778.

(i) *Par l'Espagne appelé, je régnai dans ces lieux,*
Je suis Philippe.........

Philippe V, duc d'Anjou, second fils de Louis, dauphin de France, et de Marie-Anne de Bavière, naquit à Versailles en 1683, et fut appelé, par le testament de Charles II, aux couronnes d'Espagne et des Indes. Il partit pour aller prendre possession de son royaume, le 4 décembre 1700, après avoir entendu de la bouche de Louis XIV, ces paroles remarquables : *Mon fils, il n'y a plus de Pyrénées.*

La rivalité de l'archiduc Charles, qui prétendait avoir des droits au trône d'Espagne, inonda l'Europe de sang. Après une lutte longue et terrible, Philippe demeura seul maître du trône d'Espagne, et se fit adorer de son peuple. Il était religieux, modeste, plein de bravoure. Les Espagnols le surnommèrent *le courageux.*

(k) *Pourquoi ces étendards que repousse la France?*

Nos lecteurs n'ont pas sans doute oublié que, le 6 avril, une troupe de transfuges Français et Italiens, essayèrent, par des chansons et des cris séditieux, de provoquer à la désertion les braves soldats du Roi. L'énergique réponse que

fit le général Vallin à ces misérables mérite d'être rappelée.
A la vue d'une pièce d'artillerie, ces hommes qui, sur deux
énormes drapeaux aux trois couleurs, avaient eu l'insolence
d'écrire : *Honneur et patrie*, s'écrièrent tous à la fois : *Vive
l'artillerie française ! — Oui, vive l'artillerie française !* répondit le digne général Vallin ; *mais aussi vive le Roi ! Feu!*
Et au même instant une compagnie du 9ᵉ. d'infanterie lé-
gère, qu'on avait masquée, déboucha, et acheva de disper-
ser ceux que la mitraille avait épargnés.

(1) *Le beau nom d'Angoulême au loin frappe les airs.*

Depuis l'entrée en Espagne du Prince généralissime, les
sentimens de la reconnaissance espagnole n'ont pas cessé
d'éclater. « Plus nous marchons, et moins nous croyons être
en Espagne, écrivait, le 6 mai, un officier supérieur em-
ployé au grand quartier général ; notre enthousiasme de
1814 est le seul que l'on puisse comparer à celui que font
éclater ici les Espagnols. Chaque village envoie au-devant
du Prince des députations de jeunes garçons et de jeunes
filles, et la population entière vient nous recevoir aux cris
de la plus vive alégresse. »

A Saragosse, à Burgos, dans les moindres hameaux, les
cris mille fois répétés de *Vive la religion, le Roi et don
Luis-Antonio de Borbon, duque d'Angouléma*, ont annoncé l'entrée de nos troupes victorieuses, et prouvé aux
révolutionnaires que l'Espagne est éminemment royaliste.

(m) *A la voix d'un soldat, la mort dans ces murailles
Promenait, teint de sang, le char des funérailles.*

Zayas est le nom du farouche soldat qui fit tirer sur le
peuple de Madrid, pour le punir de la joie qu'il fit éclater
en apprenant que la capitale de la monarchie allait secouer
le joug de ses oppresseurs. Ni l'âge, ni le sexe ne purent
fléchir des bourreaux avides du sang de leurs frères. Dans

les rues de Madrid, comme dans tout le terrain qui s'étend jusqu'à *la Venta de l'Esprit Saint*, ces monstres répondirent par les plus horribles attentats, aux cris d'alégresse d'un peuple innocent et désarmé. Des enfans furent victimes de ces cannibales, que quelques hommes ont encore l'impudence d'appeler de grands capitaines.

(n) *De leur génie affreux ont désolé la terre.*

Que les révolutionnaires ne vantent plus l'excellence de leurs maximes, et la pureté de leurs intentions; le monde a jugé tous les charlatans politiques. Les théories sont sans force devant les actions, et qui n'a frémi au récit des crimes sans nombre qui ont ensanglanté nos annales? Les peuples devenus plus sages ont appris enfin ce que valent les révolutionnaires.

(o) *Des perfides Cortès seconde-t-il la rage?*

La population de Séville a toujours été animée d'un excellent esprit. Ce n'est pas *Vive le Roi!* qu'il faut crier, disaient les descamisados au peuple; dites *Vive le Roi constitutionnel!* Non, jamais, répondaient les habitans; nous aimons trop notre Roi pour lui donner un sobriquet (*sin apodos*). Si des bourreaux armés n'avaient comprimé le peuple, jamais les Cortès n'auraient conduit la famille royale à Cadix.

(p) *Leur langage imposteur l'accuse de démence.*

On ne peut transcrire de pareilles horreurs, sans éprouver la plus vive indignation. Ici, toutes les réflexions sont inutiles; les hommes qui n'ont pas craint d'accuser de *folie* le plus malheureux des Rois, sont à jamais voués à l'exécration de l'univers.

(q) *Par des coups glorieux signaler leur vaillance.*

Je n'ai cité que quelques noms; mille autres méritent d'être distingués, aussi sont-ils dans la mémoire de tous les Français, et sutout dans ce

9 782019 169435